父の口癖

おい、元氣にしとるか？

〜幸せな心を創るために〜

関　美保

JN126867

はじめに

２０２２年12月16日未明に父を自宅で看取りました。その経験を通しての雑感をまとめようと考えました。それは、この経験が看護師としてのわたしの仕事の集大成となったこと、この経験を通して、現代社会に存在する、医療、介護、教育などのたくさんの課題を看過できないと感じたことからです。看護という仕事が好きで働いてきましたが、それ故に離れざるを得ない医療現場の現状について、とても良い材料になると感じたからです。

さまざまな分野で行き詰まりを呈している現代社会、その中でも医療は発展しているようでそうではありません。35年にわたって医療現場に関わり、見てきた現実を外側から批判や断罪することは簡単ですが、看護師としてこのような現実を作ってきた責任はわたしにもあります。

残念なことですがわたしの経歴の中には、看護というすばらしい魅力のある仕事が本来の役割を充分に果たせて、看護する側・受ける側ともに幸せを感じられるような現場はどこにもありませんでした。どのような仕事においても言えることですが、仕事を通して、人が輝いて生きていられる、それがひとつの理想の社会であるとわたしは考えています。

看護学校を卒業して、御礼奉公と言われる大学病院の勤務に入ってすぐに、あふれるがん患者、そして最先端の治療の甲斐もなく、全身床ずれなどを起こしたり、一見それほど重症には見えないような方が抗がん剤の副作用により、急速に衰弱して亡くなってしまったり、激しい苦しみの中で亡くなっていく人たちに接して、ここには心ある医療はないとはっきりわかりました。一緒に働くスタッフや先輩看護師の中には、優しくて心ある人もたくさんいたのに、医療の受け手が充分な心ある医療を受けられていない現実があり、その後、職場を変えながら、どこかに心ある医療はあるはず、なければおかしいと思って模索してきました。しかし、わたしの見解では、西洋医療の現場には残念ながらそれはないと感じました。

理想的な看護の場としての在宅看護の経験も、横柄な医師との関係調整など無駄なエネルギーを消耗し、さまざまな矛盾、不条理の存在に悔しい思いをすることも多かったのです。これ以上求めても無駄であるし、嫌なことを我慢して働くことの弊害があまりにも大きいと感じたので西洋医療の現場からは離れようと決めました。

医療に限らず、社会は進歩していないと感じます。病院などの医療施設では医師を頂点とするヒエラルキーが存在し、そこでの仕事は看護の仕事とは関係のないストレスが多く、心身のバランスを崩す経験もしました。ようやくわかったことは、**「医療の実態は金儲けなのだ」**ということです。

西洋医療の現場では日々新薬が開発され、その石油から作られる薬剤を売ること、新しい機械を開発して駆使しての検査をして、より細密な科学的にエビデンスのあるといわれる治療行為に結びつけ、一見これまで治療できなかった症例が改善したようにみえます。しかし、残念ながら、実は新たな病気を作り出して、金儲けの材料を作っているのが現実なのです。

いつからか、「早期発見早期治療」を謳う、健康診断や予防接種という新たな金儲けシステムが出来上がりました。それも、**健康に生きている人からも医療に金を使わせるための都合の良いシステム**にすぎないのです。

データ重視の診断、治療は効率よく稼ぐことが最優先され、施設経営の観点から医療従事者は人件費削減のためギリギリに削られ、走り回るスタッフはゆっくり患者と向き合う余裕はどこにもありません。

「理想的な病院・施設など皆無である」とわかったので、父がこの先長くないと感じたとき、**最期は住み慣れた自宅で迎えよう**と心に決めました。それには、わたしの看護師としての経験は充分活きました。看取りには大変なエネルギーが必要ですが、一方で、それは得難いすばらしい経験でもありました。

生まれること、死ぬことを身近で体験することは、自然なことだし、誰にとってもなかなか経験することのない大切で素晴らしいことなのに、いつからか手間のかかるこのようなことは、病院や施設にお任せの社会ができてしまいました。

わたしは、これまで在宅での看取りも何回か経験してきたので在宅看取りは可能と考えたのです。近所付き合いもほとんどなく、非社交的なわたしの父にとって、それは最善の策と思いました。父は死と向き合うことが怖くて、最期をどこでどうするという具体的な話し合いはできませんでした。いくら経験があっても、いつその日が来るのかはわたしにもわからず、もともと仲の良い親子関係ではなかったので、いつまで続くのかわからない晩年に、そばで過ごした日々は楽しいというよりはさまざまな葛藤に苦しむ日々でもありました。やりきれない思いを、時々川柳に詠んだりしました。拙句を各章の最後にご披露したいと思います。

完全な同居を提案したときには父から丁重にお断りをされました。理由としては、「おまえに迷惑をかけたくない」と言いましたが、おそらく一人の気ままな生活を楽しんでおり、邪魔されたくない思いもあったのでしょう。

父らしく生きて、父らしく死んだ。今振り返れば、それでも父は満足してくれたのではないかと感じています。それでは父の経過についてまとめていきたいと思います。

八十七　長生き祈る　どんだけだ

もくじ

1　父の経過

若いころは医者嫌いで、まず病院にかかることのなかった父は、風邪をひいても寝て治すという様子で、そのため丈夫な体を保っていました。ですが、50代の頃、会社の健診で高血圧を指摘され、降圧剤を服用するようになりました。当時はサラリーマンとして珍しくもなかったですが、平日は毎日午前様で、週末はゴルフか寝だめという生活でした。血圧が高いと言われたとき、生活改善でなく薬剤治療を選択したことが悔やまれます。

70代になり、胸が苦しくなり救急車で受診し、心臓弁膜症と診断されて、手術を勧められましたが怖くて断り、それからは医師の指示通りに数種類の薬剤を服用していました。推測に過ぎませんが、心臓弁膜症の遠因は降圧剤の長期内服による副作用だと考えています。

手術を断った際に、S大学病院の医師から、「心臓に負担をかけないように水を飲みすぎないように」と言われたらしいです。この対応は高齢者への弁置換手術の実績を求めていた医師の意に反した患者の意向に対して、不安を与えるだけの呪いをかけられたと感じます。このような対応は、医療現場では起こりがちなことで、悪意からではないのですが、わたしもそのようなことをたくさんしてきたことは、猛省が必要なことの一つです。

手術を受けないなら大学病院に通院の必要はないと近所のM野記念病院でのフォローになりました。わたしが何十年ぶりかで実家に入った時は、そのような状態でした。事情により、その間、わたしはごくたまに父と外で会うだけであり、このような経過を知ったのは、その時が初めてでした。

後から、M記念病院の主治医に頼んで見せてもらった父のデータによれば、救急受診した際のＢＮＰ（脳性ナトリウム利尿ホルモン。心（心室）で生成され分泌されるホルモン。心臓に対しての負荷が増加したり、心臓の筋肉が厚くなると、この値が増加する）は２０００くらいと確かに重症であり、その後の薬物療法により最近では１８００くらいになっているということでした。発作はなく動くときに少し息切れはあるものの落ち着いている状態で日常生活を送ることに支障はありませんでした。

一般的に老化といえる物忘れや、体力の低下はありましたが、認知機能は正常で昔風に言えば少しずつ耄碌《もうろく》している状況でした。足腰が弱らないようにと自分で運動の日課を決めて律義に守っていたし、唯一の趣味で大好きなゴルフの打ちっぱなしにも通っていました。ところが80代になり運転免許を返納するころから、徐々に体力、気力ともに落ちてきたのです。一人暮らしになり、時々様子を見に行くようになって、坂の下までの通院も大変ということで、介護体制を整える必要を感じ、まずは定期通院を往診に切り替えました。

独り暮らしを自分なりに工夫して楽しみ、友達も少なく周囲に気を遣いすぎるタイプで、非社交的な父には病院や施設に入るのは苦痛だろうと思いました。いずれ自宅での介護、そして看取りが必要と考えて往診医にも最初からその意向を伝え、そのために体制を作ることや、死亡診断書を書いてもらうことをお願いしました。

若い頃はあれほど医者嫌いだった父がいつの間にか、「お医者様が言うことは聞かないといけない」に変化していることに驚きました。父は死が怖くてたまらず、心臓発作の恐怖がよほどこたえたようです。口癖は「長生きしたい」でした。典型的な乙女座の父は、毎日自分で決めたルールに従って生活をし、イレギュラーを受け入れることも難しいところがありました。

足腰が弱らないようにと散歩に出かける日課があり、近くの神社に毎日行って、「長生きできますよう」にと手を合わせていました。

常日頃から宗教などに懐疑的で神の存在を信じていたのかも疑わしいのに、その姿を見た時は本当に驚きました。我が家ではお墓参り、お盆、初詣などの習慣は全くありませんでした。

時々散歩に同行しましたが徐々に歩くスピードが落ちてきて、数分おきに休みながら行くようになっていき、それに伴い食欲も低下して痩せていきました。水を摂りすぎると心臓に悪いからという強い思い込みから皮膚は乾燥して粉を吹き、かゆみが出てかきむしったりしていました。保湿のためにクリームを塗ったりしたこともありましたが、手が冷たいなどと文句を言って、いいからいいからと嫌がりました。

往診医に度々、水分摂取の必要性を説明してもらうよう依頼しましたが、この呪いは終生解けませんでした。

医療者の言葉はこれほどまでに影響が強いことを自覚しなければなりません。その頃、一時的に同居していたわたしは、看取りに備えてM記念病院の訪問看護ステーションによる訪問看護の導入をしました。寝付いて介護が必要になった場合、一人で対応しきれない可能性を考えてのことです。また父の死後の処置をすることにも抵抗がありました。新しいことを受け入れることが難しい父を説得して、何とか訪問看護を受けられるようにしました。

この頃から折を見て、気持ちの良い天気の日は、少し遠い公園まで出かけたり、小旅行に誘ったり、父の希望する日光や京都への遠出もしました。また外食やカラオケも時々一緒に行き、二人ではつまらないのでわたしの友人に同席してもらうこともありました。長く歩けなくなったので車いすのレンタルを手配し、わたしが不在の際に使えるように緊急通報装置も導入しました。　このような介護サービスを利用する際には、ケアマネージャーを通してサービスを受けますが、そのあたりの問題点が非常に多いと感じたので、次章でまとめたいと思います。

父のため馳けずり回りうるさがる

2 ケアマネージャーについて

ケアマネージャーとは「介護支援専門員」という資格で、介護保険制度ができた際につくられました。介護サービスを必要とする人のサポートのための職業です。要介護者の爆増を背景に必要性が大きく、医療関係の資格や、介護の経験があれば、資格を取ることができるため、さまざまな職種の方が活躍しています。

介護分野で仕事をして初めて、その多様な背景と急ごしらえのこの仕事の問題点がはっきり見えました。介護が必要になる状況はいろいろですが、大抵の場合急なことが多く、困った状況に速やかな対応が求められます。ところが、法律上の制約が非常に多く複雑で、いわゆるお役所仕事的な手続きを踏んで、審査が通り、サービスが届くまでにかなりの時間を要します。

またケアマネージャーの資質が職業背景により差が大きく、医療に対する考え方の違いや裁量についても様々で、平等なサービスを受けられる状態では全くありません。そのうえ、ケアプランの作成というＡＩに任せた方が早いようなことを、ケアマネージャー個々がしており、その労力は大変なものです。要介護状態は日々変化があり概ね徐々に強くなり、ケアプランの見直しはどんどん必要になり、急な対応が必要なケースが優先されていくと、要支援など自立度が高いとされる利用者はサービスを受ける時期を相当待たされる実態もあります。

父の場合、そのころは独居で身の回りのことはできましたが、掃除や買い物が充分できずにいたので、まずヘルパーを導入しました。その後、長時間の歩行ができなくなり、車いすをレンタルし、また独居のため緊急通報装置も手配しました。

この装置は緊急の場合、首にかけたペンダント型ブザーを押すと、緊急電話につながり救急要請などをしてくれるものでしたが、父は再三お願いしてもペンダントは枕元に置き活用されませんでした。これは遠出することが多く、家に居ないときに何かあったら困るというわたしの不安解消のためのツールといえますが、結局一度も使用することはありませんでした。

わたしに看護介護の知識があったので、これらのサービスを受けたいと申し出てケアマネージャーに手配してもらいましたが、それでもサービスが届くまでには、ひとつひとつ、かなり時間がかかりました。

利用者の申し出た内容が必要なサービスであるかどうかの判定、つまり要介護の認定がまず煩雑であり、その調査の時は利用者も知らない人にいろいろ聞かれたり、身体機能を検査されたりするのですが、人によっては普段通りの姿でなく、介護が必要かどうかの判断が適正にできないことも多く、要支援の認定を受けて初めてサービスの利用につながるのですが、サービスが来る頃には、さらに状態は進行しているというのが現状でした。

ケアプランを提示されて、このようなサービスと説明されても、一般の方は、それが最上のプランなのか、ほかに利用できるものは何があるのかなど全くわかないので、そこではケアマネージャーの裁量が問われます。さらにサービス業者の選択はケアマネージャーに任されていて、何か偏りがあるようにも感じました。

サービス業者は、人助けという大義名分はありますが、結局金儲けということに変わりなく、同業他社との競合、仕事の取り合いのようなものもあるようにみえました。

ケアマネージャーの紹介によりサービス業者が決定すると、それぞれと面倒な契約を結び、印鑑を押すなどの雑務が多く、詳しく内容を説明されても難聴が強く高齢の父は聞こえないし理解できないことばかりで、娘のわたしが選んだのだから良いだろうと内容はよくわからないままサインをしていました。

多くのケアマネージャーは善意から少しでも良いサービスが受けられるようにと配慮してくれていると信じていますが、とにかくケアプラン作成の仕事に追われ、いつでもその仕事に忙殺されている印象を受けました。

さらに状態が悪化して、わたしが半同居するようになり、ヘルパーから訪問看護に変更、また看取りに備えて介護度の変更など、次々にやることがあり、毎回のケアプランの見直しにまた大変な労力が必要でした。

サービスが適正に受けられているかどうかの現状把握のために、ケアマネージャーが時間を作って訪問して確認するなど、とにかくケアマネージャーとしての仕事量が多すぎるように感じました。

この頃、わたしは医療職の派遣会社に登録していて、様々な老健施設で仕事をしていました。

とある大手の老人ホームで仕事をしていた時にこんな体験をしました。その施設ではケアマネージャーが現場にいる職員のトップのような立場で、職業背景はわかりませんが、自分はケアプランの調整をすることが仕事で、利用者に直接手は出さないと言って、目の前で転倒した方を助けることもしないという場面を見て唖然としました。

介護現場で直接の介護がしたくなくて、ケアマネージャーの資格を取る人もいるのかもしれません。あらゆる職種にいえますが、ケアマネージャーの質のばらつきは激しく、介護現場での経験も知識もいろいろであり、良い方に当たれば幸運という現実があります。相談をしていて、**もし意見が合わないと感じたらケアマネージャーを変更できるという権利があること**も知られていません。

時折相談を受けるのでそのことを説明しても日本人的な特徴で、変更を依頼することに罪悪感を持ち我慢している利用者も多いのが現実です。

徐々に状況は変化してきて父の場合、体力低下と食事がとれない状態が進行してきたため、今後の体制を整えていく必要が出てきて、再度ヘルパー導入も含めたサービスの見直しのために、自宅にケアマネージャーや業者が訪問する手筈を整えました。わたしは仕事だったので、筆談で伝えておきましたがその日、関係者が訪問したところ雨戸を締め切り電話にも出ない、玄関にも出てこない、という状況で、仕事中のわたしに連絡がきました。急いで駆け付けると、耳が遠い父には電話もインターホンも聞こえておらず、夕方まで寝ていた状態でした。

長年ライフスタイルを変えずに来た父の起床時間が少しずつ遅くなってきていました。昼まで寝ている時に「なんで起きないの？」と訊いたら、「特にやることもないから、起きたら暖房費が無駄だ」などと強弁していましたが、きつくなっていたのだと思います。この時には、もう数日で最期の時を迎えると思い、またそこでケアプランは変更が必要になりました。

しかし結局そこまで急な対応は不可能であり、往診医に連絡して翌日午前中の往診を依頼し、わたしが一人で対応することになりました。もともと自宅でわたしが看取るつもりでいましたし、看護師であり在宅看取りの経験もあることから対応できましたが、このように状況は刻々と変化するし、いつ濃厚なケアが必要になるかは全くわからないのが介護の現場です。特に最期の時は誰にもわかりません。友人知人の話からも、自宅での看取りを望んでも叶わない事例を見聞します。

今はまだ、望む場所で死ぬことができる人は少ないのが、日本社会の現状です。雑務に追われながらそれでも対応したいという熱意で休みなども返上して毎日残業のケアマネージャー、それがわかるだけに言いにくいのですが、だれのためのケアプランなのか、介護保険制度の問題でもありますが、誰もが平等に速やかにサービスを受けられるようにするにはどうすればよいのか、見直しの時期が来ていると強く感じます。

そして、本当にその夜が父の最期の夜になりました。わたしが到着した時は夕方日課の神社に散歩に行くと着替えてベッドに腰かけていました。「もう暗くなってきて寒いから今日は止したら？」と言ったのですが聞かず、ようやく立ち上がって一階の居間に降りて、食卓の椅子に座って動けない様子でした。それでも上着を羽織って、「散歩に行かないと足が弱ってしまうから…」と言いましたが、顔色も悪く状態は良くありませんでした。

血圧を測ると、150程度でした。さすがに真っ暗になったので散歩はあきらめたようで、いつもの父の椅子に移ってもらい、足を上げて毛布を掛け、テレビをつけました。

その夜は、父の好きなドリフターズの番組が8時からあり、それを一緒に観ようねと言いましたが、結局かないませんでした。

わたしが食卓で何か食べていたら、少し落ち着いたらしく、俺も卵かけご飯に海苔の佃煮を入れたのが食べたいというので用意して、この時初めてわたしがスプーンで父に食べさせました。

3口食べると、もういいと言って、それが7時頃でしたが、「なんだか疲れたから、俺はもう寝るよ。茶碗を洗えなくてごめんな。テレビはおまえひとりで観ろ」と言われました。ここに布団敷こうかと提案しましたが、「いや2階に行く」と言って、這うようにして階段を上がり、自室の椅子に座り込んで、いつものように音楽を聴きだしました。

この頃より死前喘鳴《ぜんめい》（ヒューヒュー、ゼーゼーなどと音がすること）が始まり、痰がとめどなく出て辛そうなので、背中を叩いたり、さすったり、胸を温めたりしました。ＯＳ-1を吸いのみで何口か飲んでおいしいと言ったり、いつもなら触られることを嫌がる父が、「気持ちがいい、ありがとうな」としきりに言っていました。「苦しい？」と訊いても、「大丈夫だ」と言って、こちらから見るよりは苦しいわけではないようでした。

少し咳が落ち着いたときに鼻笛で、「大きな古時計」「ふるさと」「上を向いて歩こう」の三曲を吹いて聞かせると耳が全く聞こえていないはずの父の耳に届いたらしく、パチパチと拍手してから70点！ と言って笑いました。そして ＣＤをかけてくれと言うので、大好きなベートーベンの交響曲第７番をかけました。

大音量で耐えられず、わたしは一階に降りて聴いていました。その後、

「もう寝るよ」と言うので今夜はリハパン履いて寝てとお願いしましたが、「あれは気持ち悪くていやだ」といつものように、半そでシャツとトランクスでベッドに入っていきました。喘鳴はますますひどく、まるで溺れているようでしたが、

「苦しくないよ、俺の身体もこんなになってしまって」

と言うので、

「仕方ないでしょ、もう88歳なんだから」

と言ったら、真顔で、

「なんだ俺は78歳だぞ、明日証拠を見せてやるから」

などと言っていました。

午前2時くらいまで何度かそばに行って、水分を飲ませたり、痰の喀出を手伝ったりしていましたが、冷え込んできてわたしがくしゃみをしたのを見て、「お前ももう寝ろ」と言うので、「じゃあ、おやすみなさい」と言って1階居間のソファに横になりました。明日往診の時に尿瓶を頼めるか、朝電話しなければなど今後の段取りを考えていて眠りつけずにいましたが、いつの間にかうとうとしてしまいました。

早朝5時半、2階でものすごい音がしたので慌てて駆けつけると、父はトイレの前に倒れていました。父は最期の時、自分で明け方にトイレに立ち、用を済ませ、そこで倒れました。既に意識は混濁していて会話はできない状態でしたが、手足をバタバタさせ「オーっ」と大声を上げました。体を引きずって真っすぐにさせ血圧を測ったら59／20でした。部屋に戻そうと抱えて、「大丈夫、怖くないよ」と声をかけたとき、その時に息を引き取りました。あっけなく逝きました。

あんなにゼロゼロしていたのに全く静かになっていました。トイレには排便した跡があり、すぐにトランクスをリハパンに履き替えさせて、一人でベッドに戻すことは不可能だったので、訪問看護ステーションに緊急電話をかけて、看護師を依頼しました。驚いたことに、「救急車を要請してはいかがですか？」と言われましたが断りました。「今息を引き取ったようです。死亡確認は夜が明けてからゆっくりでよいし、往診医にわたしから連絡をするので、とにかく力だけ貸してほしい。移動だけでよいので来てほしい」とお願いしました。

それからM記念病院の夜間緊急電話に連絡し、急がないが死亡確認に来てもらえるよう依頼しました。ちょうど新品の着物があったのでそれをベッドに敷いて、看護師の到着を待ちました。身体の下になんとか毛布を敷き込み、30分後に来てくれた看護師とベッドに戻しました。看護師はすぐに帰りました。

わたしは友人の訪問看護師に電話を入れ、父が先ほど逝ったことを伝えました。友人はすぐにやるべきことを的確に指示してくれました。

口が開いていたのですぐに布で抑えて口を閉じ、顔には乳液をたっぷりとつけて、目もしっかり閉じるようにマッサージしてと、看取りは初めてではないわたしも、少しおろおろしており、まったく気づけない視点でした。

夜が明けて、6時半に当直の初めて会う医師が来て死亡確認をしてくれました。父は自力で身体の中をきれいにして逝き、その後家を出るまで何も処置は必要ありませんでした。

余談ですが、父には何年も前にエンディングノートを渡してあり、それに繰り返し「簡素な直葬、僧侶を呼ばないこと」と書いてあったので、わたしがお経を上げながら、葬儀の手配や家族への連絡をし、片づけをしていきました。日中は父と一緒に飲んでカラオケに行った友人が、訪問してくれて、何かと力になってくれました。

またわたしのメンターとも呼べる方からは花がすぐに送られてきて、枕飯と剃刀を持たせお線香を絶やさないようにアドバイスもいただきました。人の死に立ち会うという仕事をしていながら、このようなしきたりを何も知らずに来た自分でした。

看護師として多くの看取りを経験していましたが、自分のこととなるとわからないことも多く、また医療の在り方について考えることが多くなりました。しかし、わかったのは、**誰しもが望むような死を迎えることができるのだ**ということです。父は最期の瞬間まで父らしく、あっぱれな人生の幕引きであったと感じました。

父が望んでいたのは、最後まで自分の足で歩き人に下の世話などをさせずに、逝くということだったと思います。

夜の九時 朝の九時まで よう寝るわ

3　訪問看護ステーションを利用して感じたこと

父を自宅で看取るつもりで、準備として要介護状態が進み、寝たきりになった場合に一人で24時間対応は難しいだろうと考え、動けるうちから訪問看護ステーションに依頼しました。緊急時の対応だけでとお願いしましたが、定期的な訪問看護を受けないと、緊急時の対応はできないシステムとのことでした。時間はかかっても自分のことは自分でやりたいし、できていた父に特に実際にしてもらうことはないうえに、非社交的で他人に気を遣う父の負担になるのではと危惧しましたが、二週間に一度の訪問看護を契約しました。

初回訪問で父の様子を見て、看護計画を立て、身体機能が落ちないように、室内での体操や、散歩などを提案され、また食欲が落ちていたので、体重を測定して記録に残すようにしてくれました。

それに沿って、訪問時には血圧を測って体操して、少し話をしてから体重測定という看護が提供され、訪問の時間を伝えていても、忘れて自分で散歩に出てしまい、待たせたりすることもありました。できる限り同じナースに来てもらい、父に覚えてなじんで頼ってもらいたかったのですがなかなかそれも難しいようでした。

独居なので、たまにナースという人が訪問して少し話し相手になってくれることは、それなりに意義があったようでした。しかし、体重を測る服装の条件などを一定にしておらず、２キロもやせているなど、明らかに冬服から夏服になった状態の際にコメントされていて驚きました。

また食欲が低下してきており、「食べてくださいね」と言われるのが苦痛になってきた父、食べなければと焦燥感を持っている父に対して、毎回お決まりのように「食べてください」と言って帰るのも、善意からとはいえ違和感を禁じ得ない対応でした。

またある日、たまたまわたしがいる時に訪問看護師が来て、かなり老衰が進行してきた状態で、やっとのことで起きて座っている父に、ナースが決めた体操を、強制されている場面に遭遇しました。バイタルサインに異常はないから、父がやりたくないと言っても、「さぼらないでやらないと」と言われて苦笑しながら父は従っていました。もともと短気ですぐにかっとなる傾向があり、頑固で怒りっぽい面もありましたが、訪問してくれるナースには気を遣っていました。この頃、かなり息切れがしていて咳や痰も出ていて、エンドステージに入っていると、わたしは感じていましたが、往診医も訪問看護師も、まだまだ死は先のこと（であってほしいという願望かもしれないが）というとらえ方でした。

これは現代の西洋医療的な**死を医療の敗北ととらえる考え方**の顕著な表出であったと今になって理解しました。このように死に向き合うことを避けていることで、必要なサポートができる時期を逸してしまうことが多いのではないでしょうか？　在宅では医療というより快適な生活を送ることを主眼に医療者も関わる必要があります。時機を逃さず、適切に保清するなど環境を整えることが一番求められると感じています。

やっておきたいことは人それぞれですが、それをタイムリーに実行に移すことが重要なのです。死そのものはいつ来るか誰にもわかりません。しかし残された時間は素人よりははっきり見えているのが医療者なのです。そんなことを伝えるのは大変な仕事です。多くの人が死はまだ先のことと考えたいのです。しかし今日できることが明日はできないという可能性が大きい状況を見極めて、やりたいことを先送りせずに、やり残したと後悔することが少ないようにサポートすることこそ、終末期の看護の大きな役割とわたしは考えています。

そもそも緊急時に対応してもらうための訪問看護なので、内容に期待はしていませんでしたが、この状況を目の当たりにしたとき、在宅看護の草分けである、日本在宅看護システム株式会社で村松静子代表が「看護のわざと心」を教え、広め、それを基に国が始めた訪問看護ステーションの質的な問題を思いました。誰のための看護計画なのか、ナースは訪問して何か行為をすることがその目的なのか、そもそも利用者のニーズに対応する基本的なパッケージからできていないということを実感しました。

保険制度を使って、だれでも安価で訪問看護を受けられるようになったことは、大変価値のあることであるけれど、その中身はバラバラ、ナースの質も一定の基準を満たしていないし、ステーションとしての在り方も、経済的な側面が優先されて個別のニーズを満たせていません。それはそんなに難しいことではないように思いますが、どうでしょうか？　わたしがナースであり、そのような現場の経験を持っているからそう感じるのでしょうか？　医療の知識のない一般の方が病人や、高齢の要介護者を自宅でみている時に本当の意味で助けになるような看護が提供されているのでしょうか？

父の看取りの経験は、一時でも訪問看護に携わったわたしに大きな課題をくれました。30年前わたしが勤務した日本在宅看護システム株式会社は、必要に迫られて村松静子代表を中心とした有志のナースがボランティアから始めて在宅看護研究センターを立ち上げ、その後に会社組織になった企業です。周囲の主に医師からの逆風の中で看護師が病院の中でなく、自宅に訪問して看護を提供する仕事を確立した、当時は画期的で斬新な内容でした。

自宅で寝たきりや、高度医療を受けながら暮らす人が増えていった時代でもあり、ニーズは高まっていました。なにより急激に高齢化が進み、施設や病院で対応しきれなくなった社会のニーズもあり、在宅看護システム株式会社の方法をモデルに行政が訪問看護ステーションの整備をしました。

費用を保険で賄うために、いろいろな制約がついた状態で全国に急速に広まり、実務としては看護計画を立てて利用者に合わせた看護を提示し提供することが必要です。施設内の看護と違うことは、生活の中に入っていくことであり、利用者の一側面しか見ることはできず、本当のニーズを把握することが難しいうえに、状況は変化していくこと、またさまざまな背景を持つ家族関係の対応の大変さなど、在宅特有の問題もある現場なのです。利用者側も看護師、介護士、ヘルパー、理学療法士などの様々な職種のスタッフが提供する内容の区別がわからないことも多く、訪問看護師自身にもあいまいな境界に迷いや葛藤を持ちながら従事していることも多く、提供する側から家族として受ける側に立って、初めてわたしも看護計画は誰のために立てていたのか、充分な対応ができていたのか、と反省しました。

看護計画を立てるための労力、時間は相当なものになります、在宅という環境に即した看護は、毎回の状況判断のもと違ってくるし、方向性は決めるが実際にその場でやることは一律に決められないのが現状です。在宅に限らず、必要な時に必要な看護を提供する、「看護のわざと心」が本当に重要ですが、それが充分に広がっていないことを実感する体験でした。それは過不足なく瞬時に状況を見極めて、今やることを判断して実行する、それがプロの看護師の持つべき「看護のわざと心」なのです。もちろん優良なステーションも多いこととは思いますが、こちらも質的なばらつきが大きく、利用者としては比較検討して選択などできない状況が多いので、ある一定の質の確保は急務のように思いました。

何十年も前に自宅で看取りを望むなら誰でも受けられるような在宅看護のシステムを模索していたのが、日本在宅システム株式会社の大きな仕事の一つでした。しかし、いまだにそれは達成されていないことを感じた経験でした。

わたしは看護師として、すでに35年の経験があり、村松静子代表から直接の教育を受けていることから、父に対して看護という側面から、何ができて、何ができなかったのか次章で改めて振り返ってみたいと思います。

出たがるが　連れてきゃいつも　ここはどこ

4 自分自身の看護の振り返り

父の老衰が進んできて、もう、それほどの時間は残されていないと覚悟したのは、亡くなる一年半くらい前のことでした。同居していなかったので母の死後、ほぼ独居の父を時々訪問し、できない家事を手伝ったり、一緒に外食したり気分転換に日光に連れて行ったりしていました。徐々に歩くことが大変になってきて、息切れもかなり目立ってきて、外国に住んでいる妹にそのことを知らせて帰国してもらい、家族そろっての正月を迎えることができました。

春には折をみて小田原や公園に連れ出し、旅行も行きたいところを訊くと、京都と言うので同行しました。

また家に行く機会もなるべく多くして、ごみの処理などを手伝ったり、介護サービスを受けられるように手配したり、これらのことは時機を逃さずにできたと思っています。

できなかったこととしては、例えば10年も前に医師から水を飲むと心臓に負担がかかるから控えるようにと言われて、脱水が懸念されるほど水分を摂らない父の思い込み、医者の言うことは絶対であり、出されたとても不必要な何種類もの薬を黙って飲んでいることを、止められなかったことです。その先にある死への恐怖を取り除くこともできませんでした。父と死について語り合うことはタブーのままでした。

看取りの際には、それが今夜か明日かはわたしにも判断がつかず、つい少しでもカロリーのあるものを身体に入れた方が良いという今思えば恥ずかしいほどの素人判断で、最後に水でなくOS-1を飲ませたことも後悔していることの一つです。父の死後の処置を自分でしたくなくて、訪問看護ステーションと契約していましたが、最後の緊急電話の対応から、わたし自身でやろうと決めました。

しかし、いざとなったら何をすべきかわからなくなり、友人のナースに電話をして助言をもらいました。

死後の対応についても、形式重視の葬儀は父も望まないことであるし、心のこもった本当の意味での送り方を塾考し、友人たちの協力のもとわたしなりに精いっぱいの弔いをしたと思っています。

この際に予想もしていなかったありがたいご縁をたくさんいただき、たくさんの援助をしていただけたことにも、死後の父からの大きな力を感じたし、肉体がなくなっても魂は存在することも実感しました。

ふるさとにこれが最後と言いながら

5　終末期、看護は何ができるのか、すべきなのか

今回の看取りの体験から、終末期及び、看取りの時に看護の果たす役割は大きいことを実感しました。父の場合、最期まで自分の足で歩けて、寝たきりの日が来ることもなく、それでもターミナルケアと呼べることであったと思います。個別に背景の異なる家庭という場で、利用者にとって最も望ましい看護を提供することは確かに難しいことを実感しました。終末期だからこそ、時機を逃さずできることをやっていくことが必要です。

看護計画も大切ですが、実際に訪問して、今何をすべきなのか臨機応変に対応すること。それは、直接のケアであったり、話を傾聴したり、家族の援助であったり、計画したことだけでないはずなのです。

お別れに向けての家族の時間や対応の調整、そして必要充分な寄り添い、医師をはじめ多職種との調整や協働、緊急時に慌てないでいられる

ような体制の構築です。

ざっと浮かんだだけでも、相当に濃厚な看護が求められるのが終末期です。また家庭での看取りの経験は家族のだれにとっても大切なもので、一度きりであるから後悔のないように万全の体制を整えたいものです。

亡き妻の帽子被って気取ってる

6 看護を離れて癒しの道へ

長い間、西洋医療に関わり、その限界、利権がらみの矛盾、不条理を実感するにつけ、ここを離れたい、しかし何ができるのかわからないと模索してきました。生涯通して、「心ってなんだろう？」とそれを見ることも触ることもできないが、確実にあるものとして考え、心ない対人関係には敏感に反応してしまうし、心を求め続けて生きてきたようにも思います。

仕事上死に向きあうことも多く、魂や精神世界に興味を持ち、その分野の本を読み漁り、医療だけでなく様々な分野の話を聞きに行ったりしながら学びを深めていきました。

また哲学、原始仏教、禅など宗教関係にも道を求めました。わたし自身は特殊能力を持っていませんが、見えないものが見えたり、聞こえたりするという霊能者と呼ばれるような人にも何人も出会い、ある日一人のシャーマンを名乗る方から教えてもらったのが、なんと【オンセラ】

でした。

その方の始めた【オンセラ】なるものについて話を聞き、わたしにも体験を勧めてくれました。その方は九州在住であり、【オンセラ】創始者の中川忠男先生は東京にいるとお聞きして、すぐに連絡しました。高い癒やし効果があると聞いていましたが、半信半疑でお訪ねして、【オンセラ】を体験し、正直驚きました。この体感を言葉で説明することは難しく、それまでも様々な癒しというものを体験しましたが、そのどれとも違いました。


【オンセラ】は初めて受けた後、体も心もしっかり満たされて、緩み、心地よいばかりか、長年の生活習慣からくる問題も教えてもらい納得できたうえ、今後の生活への助言までいただきました。中川先生の【オンセラ】の神髄ともいえる言葉や手技、生活に向き合う姿まで感動してしまいました。

さっそく手技を覚える講座に通いながら、先生の人生やいのちへの深い思いを存分に知ることができました。わたしが模索してきた心についいても、考え方、苦悩を理解してもらえ、その大切さを語ってくれました。【オンセラ】は心がなくてはできない行為であり、わたしにとっては「真の癒しがここにある」と実感できました。中川先生は、【オンセラ】は「魂を解放する技法」と位置付けていらして、日々新しい手法を研究されています。全国に仲間も増えてオンセラは進化し続けている、また社会的なニーズをよく考えておられ、一つに固まることもありません。多くの高齢者が日常生活を自力で送ることができない状況に陥り、施設に追いやられ、邪魔者扱いされているような社会を憂え、終末期まで自立して生活をできるように体と魂の癒しを追求することも【オンセラ】の目的なのです。

【オンセラ】の仲間は全国に広がっていますが、基本の技法を修得した後は、それぞれが工夫して、それぞれのやり方で癒しを追求しています。人は皆似ているようで違う、そこをよく見て、ニーズに応え確かな癒しの力を今後も追求していきたいと思います。【オンセラ】に出会えたことはわたしにとって大きな転機であり、さらにもう、やりたくないことはやらずに生きていくと決意できたきっかけでもありました。

新しい下着おくると　しまいこみ

7 幸心創を立ち上げる

病院勤務を離れ、介護現場や保育園、小学校などいろいろな場での看護師としての仕事を経験しました。どの現場も多くの課題を抱えている現状を知りました。まじめに取り組んでいる人ほど矛盾や不条理に苦しみながら職場を離れてしまったり、病んでしまう現実を知り、何かできることはないかと考えてきました。殊に過酷な介護現場でつまらない人間関係や、ひどい労働条件からせっかくのありがたい仕事を続けられない現状をみて、このような人たちをサポートできないかと考えて起業しました。

仕事の内容は当初決めかねていました。

介護の仕事へのモチベーションを上げるようなイベントを企画するか、相談業務にするか、わたしの知識や経験が何かの力にならないか模索していました。そんな中でわたし自身がいろいろな癒し、ヒーリング体験を受けて、これからは癒しがもっと必要だと実感していた時に【オンセラ】と出会い、この施術と全国への普及を業務の一つの柱とすることにしました。

その後意識や魂についての科学的なアプローチのドキュメンタリー映画『気づきの一瞥』に出会い、この映画の上映会を主催させていただく機会を得ました。この経験からこれまでに出会ったたくさんの心ある方々、真摯な仕事を追求していらっしゃる尊敬する方々の活動や思想を広めていくようなイベントの企画、運営をもう一つの柱としました。

さて、起業するにあたり屋号を考えていた時に、わたしのメンターとも呼べる方にビジョンを伝えて相談したところ、「幸心創」と書いて「**コソネ**」と読むこの屋号をいただきました。

「ネ」はネットワークということを表し、わたしの活動の大きな目的がインドラの網のように人々をつないでいくことにあるという意味です。わたし自身、活動を通して日々ネットワークの広がりを体験しており、世の中で大切なものは「因と縁と循環」がすべてなのではないかと常々感じています。

幸せな心を創りだすためのネットワーク、こんな素敵な屋号を与えていただきありがたいとともに、方向性がはっきりしてきました。看護師としての知識、経験の上に【オンセラ】にとどまらず、音叉やアロマセラピー、レイキヒーリングなどの癒しを学び、またさまざまな代替療法、統合医療、伝統的な癒しや気功についても学び続けています。

坐禅断食を経験し大幅な体重減少を達成し、さらに最新の栄養学からの食事療法を学び、このような多岐にわたる知識を生かすために自宅にはオンセラサロンを開設し、解毒のためのツールを導入し、また得意分野の料理を健康的な身体に整える食の観点から研究しています。

今後は、この食へのアプローチも仕事の一つの柱にしたいと考えています。この活動はわたしが半生かけて積み重ねてきたあらゆる活動を一つの形にしていくことになりそうです。

こんな人非難するとこ似っててやだ

あとがき

わたしにとって、この看取りの体験は、看護師としての仕事の集大成となりました。長い間、西洋医療の限界や矛盾の存在に苦しみながらも、介護現場の多くの問題解決の道を模索し、自分に何ができるのか考える機会となりました。

俳人の冬道麻子さんという方の、こんな歌を随分前に新聞で見てハッとしたことを忘れません。それは「ありがとうと言うより、言われる人生を生きたし　丈夫にうまれたかりし」という俳句です。

難病のため長い年月を寝たきりで介護を受けていらっしゃる方の真剣な思いに触れて介護される側の苦悩を知りました。人のお世話ができることは幸せなこと、本当にありがたいことなのです。介護に関わる多くの方が誇りを持ってこの仕事に向き合っていくために、何かできないか？　いのちを輝かせて、幸せに生きることをもっとずっと追求していきたいと今の思いをまとめました。

この体験記が終末期を迎える方のご家族や、関係者の参考になればありがたき幸せと思います。看護師として仕事をしなくなってもわたしのなかの「看護のわざと心」はずっと生き続け、今からの仕事にも役立つことと確信しております。

この看取りの際にも助言を惜しまず、またこの本をまとめるにあたり、書き溜めた文章に目を通してアドバイスをくださり、いつでも心からの温かい対応をいただきました村松静子代表、若き日のわたしに「看護のわざと心」を叩き込んでくださってわたしを看護師に育ててくださいました。深く感謝いたします。

何の恐怖も不安もなく、父を看取ることができたのは、札幌で訪問診療に取り組んでいらっしゃる医師の金谷潤子先生が、無料で配布してくださった「看取りのパンフレット」の力と最期の夜に先生とやりとりしたメッセージにも力をいただきました。そうしてたくさんの友人の支えがあったからです。今でも深い感謝の気持ちです。

また本当にたくさんの師匠と呼べる方々やたくさんの友人との出会いにも感謝いたします。そして、身を持ってわたしに大切な看取り体験をさせてくれた父にありがとうと言いたいです。生前気持ちを理解できず恨んだり、嘆いたりして本当にごめんなさい。

父の死後、映画『地球交響曲9番』を観ました。映画の冒頭、ベートーベンの誕生日が流れました。12月16日、父の命日でした。これは父からの贈り物なのだと感じました。親として精いっぱいのことをしていただいたのだとわかったのは、今ごろになってでした。恩返しはできないから、恩送りと思ってこれから志事をしていくと決意しました。人生を目いっぱい楽しみながら、毎日生きていきたいと考えております。

2023年12月吉日

関 美保

耳遠く聴こえるはずない音楽を
大音響周囲を遮断し瞑想か、

【著者プロフィール】関 美保（せき みほ）

1965 年 東京生まれ

オンセラ、レイキヒーラー、看護師

看護師として、病院、在宅、老人保健施設、健診、保育園、学校行事の付き添い、入浴サービス、グループホーム、電話相談などの幅広い臨床経験ののち、統合医療や癒しに興味を持つ。その中で、オンセラ療法との出会いにより、魂の解放を体験。

2023 年幸心創（cocosone）を立ち上げ、オンセラ施術と講習によるオンセラの普及、健康維持のための食生活のための追求、広く社会に役の立つイベントの企画、開催、看護、介護相談をはじめる。

フーテンのぱんちゃんと呼ばれる。旅とパンダをこよなく愛する宇宙人で、あらゆる地球の規格に合わない変人。

趣味は、山登りとツーリング。現在は、四国お遍路中、今後は、熊野古道、京都一周トレイルを歩き通すことが夢。

「父の口癖」おい、元氣にしとるか？

～幸せな心を創るために～

2023年12月16日　第1刷発行
著　者　関 美保
発行者　釣部 人裕
発行所　万代宝書房
〒176-0002 東京都練馬区桜台 1-6-9-102
電話 080-3916-9383　FAX 03-6883-0791
ホームページ：https://bandaihoshobo.com
メール：info@bandaihoshobo.com
印刷・製本　日藤印刷株式会社

ISBN　978-4-910064-86-4　　C0036